VAMOS A ACAMPAR

Kyla Steinkraus

ilustrado por Helen Poole

Era una fresca noche de otoño, y la madre de Carlos Javier le había permitido finalmente acampar en el patio. ¡Carlos Javier estaba encantado con la idea! No veía la hora de dormir al aire libre bajo las estrellas.

Se pasó toda la tarde preparando el lugar para la fogata. Luego su papá lo ayudó a levantar la tienda de campaña. Ellos sacaron sacos de dormir, almohadas, sillas de jardín y palitos para el asado.

Finalmente, llegaron Aldo y Siena, los mejores amigos de Carlos Javier. Mamá y Papá entraron a casa mientras los chicos asaban perros calientes.
—¡Esto es increíble! —exclamó Siena.

Poco a poco, el cielo se oscureció. Las estrellas les hacían guiños desde arriba. Los grillos cantaban en la hierba. Aldo se abrazó:
—Tengo miedo —susurró.

Carlos Javier se incorporó con orgullo: —Pues yo no tengo nada de miedo. Solo los bebés le tienen miedo a la oscuridad.

—¡Yo no soy un bebé! —insistió Aldo, pero parecía que iba a llorar.

Algo crujió.

—¿Escuchaste eso? —preguntó Siena.

El chirriante y crujiente sonido continuó.
—¿Qué-qué-qué es eso? —gritó asustado Aldo—.
¿Es un fantasma?

Por un momento, Carlos Javier imaginó a un fantasma que les susurraba desde las hojas. Siena miró a su alrededor y luego señaló algo.

—¡Miren allá arriba del árbol! —dijo—. Las ramas están crujiendo con el viento.

—Yo no tenía miedo en absoluto —se jactó Carlos Javier, pero en el fondo se alegraba de que fuera solo un árbol. Estiró la mano hacia la bolsa de malvaviscos.

¡De repente, una enorme bestia con colmillos y cuernos se abalanzó sobre él!

—¡¡¡AHHHH!!! —chilló Carlos Javier. Él se agachó detrás de su silla y cerró los ojos—. ¡No me comas, por favor!

En vez de un rugido feroz, él escuchó un maullido. Carlos Javier se asomó a través de sus manos para ver a Fortunato, su gato, que saltaba la cerca.

Carlos Javier se paró tembloroso, con la cara colorada y brillante. —Era la sombra de mi gato —dijo avergonzado.

malvaviscos

Carlos Javier sabía qué más necesitaba decir:
—Disculpa que me haya burlado de ti, Aldo —añadió.

—Todos hemos sentido miedo alguna vez —dijo Aldo.

Palomitas de maíz

—¿Sabes qué? —dijo Siena—. Apuesto a que también podríamos acampar en tu sala.

Los tres amigos descubrieron que acampar adentro podía ser igual de divertido, y mucho menos aterrador.

Actividades después de la lectura

El cuento y tú...

¿Qué hizo Carlos Javier para prepararse para acampar en el patio?

¿Qué asustó a Aldo y a sus amigos durante la acampada?

¿Alguna vez has acampado al aire libre?

¿Qué llevarías a una acampada?

Palabras que aprendiste...

En una hoja de papel, escribe el principio de un cuento acerca de una acampada al aire libre con tus amigos. Utiliza al menos tres de las palabras que aprendiste en este cuento.

avergonzado	feroz
chilló	se abalanzó
encantado	susurraba
enorme	

Podrías... planear una acampada al aire libre con tus amigos.

- Decide a quién te gustaría invitar a acampar al aire libre contigo.

- Haz una lista de todos los materiales que necesitarás llevar para acampar al aire libre.

- Determina en qué lugar van a acampar.

- Decide cuándo acamparán.

- Invita a tus amigos a acampar. Asegúrate de decirles exactamente qué deberían traer a la acampada.

Acerca de la autora

Kyla Steinkraus vive en Tampa, Florida, con su esposo y sus dos hijos. A ellos les encantaría tener fogatas con malvaviscos en el patio, pero acampan realmente en la sala de su casa, que es más cálida y segura.

Acerca de la ilustradora

Helen Poole vive con su novio en Liverpool, Inglaterra. En los últimos diez años ha trabajado como diseñadora e ilustradora de libros, juguetes y juegos para muchas tiendas y editoriales del mundo. Lo que más le gusta de ilustrar es desarrollar un personaje. Le encanta crear mundos divertidos y disparatados con colores vívidos y brillantes. Ella se inspira en la vida cotidiana y lleva siempre un cuaderno... ¡porque la inspiración suele sorprenderla en los momentos y lugares más insólitos!

www.rourkepublishing.com

Edición: Luana K. Mitten
Ilustración: Helen Poole
Composición y dirección de arte: Renee Brady
Traducción: Yanitzia Canetti
Adaptación, edición y producción de la versión en español de Cambridge BrickHouse, Inc.

ISBN 978-1-61810-549-3 (Soft cover - Spanish)

Rourke Publishing
Printed in the United States of America,
North Mankato, Minnesota

www.rourkepublishing.com - rourke@rourkepublishing.com
Post Office Box 643328 Vero Beach, Florida 32964

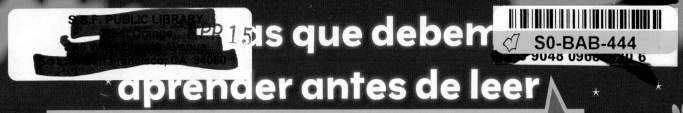

...as que debemos aprender antes de leer

avergonzado

chilló

encantado

enorme

feroz

se abalanzó

susurraba